시즌2

노곤하개 5

홍끼 글·그림

비아북
ViaBook Publisher

랜선집사 모두 모이개!

반려동물을 키우는 건 굉장히 힘든 일입니다.

힘들고, 힘들고, 또 힘들어요.

매일같이 산책과 청소를 하고, 배설물을 치우고, 털을 빗겨주고,

밥은 물론, 간식도 잘 챙겨줘야 하고 시간을 내서 놀아줘야 하죠.

병원비는 어찌 그리도 많이 나오는지,

항상 영수증을 받고 깜짝 놀라곤 합니다.

많은 집사들은 이 말에 공감하고 계실 거예요.

반려동물은 사람과 같이 감정을 느끼고 나타내죠.

혼자 있으면 외로워하고, 집사가 놀아주지 않는다면 서운해해요.

그래서 언제나 내버려두지 않고, 같이 놀고 쉬고 모든 걸 공유해요.

그렇지만 언제나 반려동물과 함께하고 싶은 사람들도

반려동물을 선뜻 데려오지 못합니다.

생명을 책임진다는 건 너무 무거운 일이고
기를 수 있는 환경, 가족의 동의, 경제적 여유로움 등
너무 많은 것들을 따져봐야 하기 때문이죠.

맞아요. 반려동물 키우지 마세요, 너무 힘들어요.
그렇지만 '랜선집사'가 되는 건
여러분도 할 수 있어요!
재구, 홍구 그리고 줍줍, 욘두, 매미의 랜선집사가 되어주실 분들께
이 책을 바칩니다.

2019년 7월

 멍냥집사 홍끼

차례

R YOU

THANK YOU

LOVE♥   CUTE!

항문낭 짜기 (1)

멍멍이들에게는
가끔씩 짜줘야 하는
항문낭이 있다고 한다.

뭘 봐요

요기

여기저기서 보고
몇 번 시도해보았지만

음… 안 되네.
이게 아닌가?

꽈아악

꽈아아아악

덕분에 마음의 거리만 넓어져버렸다.

아니 이거 해야 된다고…

나한테 왜 그래요?

그래서 찾아간 병원.

항문낭 짜러 왔습니다…!

…!

뭔가의 격리된 공간에 구들을 데려간 뒤

자, 일단은 키친타월과 청소 찍찍이를 준비하세요!

멍멍용

선생님은 항문낭 짜는 방법을 가르쳐주기 시작했다.

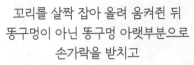

꼬리를 살짝 잡아 올려 움켜쥔 뒤
똥구멍이 아닌 똥구멍 아랫부분으로
손가락을 받치고

…!

중요

절대
얼굴을 가까이 대지 마세요.
옆으로 피해서 짜세요.

하아압!!!!

부들부들부들

이 정도로는
나오지 않아요!

왜냐하면 이 녀석들은
항문낭이 엄청 깊으니까!

팔이 떨릴 때까지
하아아압!!!

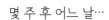
몇 주 후 어느 날…

할할할…

할할

엇 여보, 재구가 묘하게
똥구멍을 많이 핥는데
그때가 온 게 아닐까?

오늘은 항문낭
짜는 날!!!

선생님이 당부하신 말씀대로
장비를 철저히 준비하고

이거 손에 묻으면
죽어요 아주

여봉구,
재구를 잡으십시오.

까아악

네.

합!

종구도 결국 실패.

재구는 방에 숨어버렸다.

어쩔 수 없이
다시 찾아간 병원!

도저히 항문낭을
짤 수가 없어요…!

비

장

이리로…!

따흐흐ㅇㅇㅇㅇㅇㅇㅇ!!!!!

뜨아라라라라라라!!!!!!

구들은 평소에 변 볼 때
항문낭 배출이 정말 잘되나 봐요.
거의 안 나오네요.

배출이 잘되면 굳이
짜실 필요 없습니다!

의사쌤 덕분에
가정의 평화는
지켜질 수 있었다.

와~!!!!!

그리고 고양이가 남았다!!!

강아지와 고양이는
항문낭 짜는 방법이 다르답니다.

항문낭 짜기 (2)

고양이들의
항문낭 짜기에 앞서

항문낭은 꼭 짜주지 않아도
배변 활동으로 항문낭액이
자연스럽게 배출됩니다

그렇지만 왠지
짜봐야 할 것 같은 느낌이
강하게 오는 날이 있다.

할할할

할할할

흐음…!

예민한 고양이 놈들은
금방 깨어나버리지만

쒸익… 쒸익…

딱
딱

쒸익…!

이럴 때도
괜찮은 방법이 있습니다.

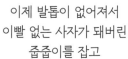

이제 발톱이 없어져서
이빨 없는 사자가 돼버린
줍줍이를 잡고

요두를 안고 자는 줍줍.

고양이의 목덜미 부분을 꽉 잡는 건 고양이가 불안해하는
원인이 될 수 있어요. 지그시 눌러 안정시켜줍니다.

강아지 항문낭 짜기

항문낭은 항문 아래 4시, 8시 방향으로 있으며, 눈에 보이지는 않지만 꼬리를 위로 들고
항문 아래쪽을 살짝 만졌을 때 통통한 느낌이 나는 곳이 있으면 그 부위로 추정해볼 수 있습니다.
항문낭에서 나오는 액체는 강아지들 사이에서 성별, 대략적인 나이, 건강 상태 등을
구분할 수 있는 냄새를 띠지요.

언제 짜야 하나요?

건강한 강아지라면 장운동과 배변 시에 자연적으로 항문낭액이 흘러나옵니다.
그러나 선천적으로 기형이 있거나 품질이 낮은 사료를 먹어 장운동이 활발하지 않은 경우
항문낭액 배출이 제대로 되지 않을 수 있습니다. 항문낭액이 적절히 배출되지 않고 정체되면
장운동이 힘들어지거나 통증이 생기고 감염이나 농양(고름)이 생기기도 합니다.
강아지가 엉덩이 주변을 핥거나 물고, 엉덩이를 땅에 대고 끈다면
항문낭에 문제가 있을 수 있습니다. 가볍게 짰을 때 항문낭액이 나오면 집에서 짜주고,
단단하게 굳어서 나오지 않거나 항문 주변이 붉게 부어 있으면
동물병원에서 진찰을 받아봐야 합니다.
또한 항문낭 배액은 낭액 특유의 비릿한 냄새를 동반하므로 대개 1주일에 한 번
목욕할 때 짜주는 것이 좋고, 엉덩이를 끌고 다니는 경우에는 한 번 더 짜보는 것도 좋습니다.
항문낭액이 자주 빡빡하게 찬다면 고식이섬유 사료로 전환, 급여함으로써
배변 활동을 증진시키는 것을 추천하며, 항문낭에 염증이 자주
생기거나 고름이 생기면서 파열되는 일이 자주 생기는 경우에는
항문낭 제거 수술을 하기도 합니다.

잡종과 믹스견

크~ 잘생겼네.

아니, 이 개는 무슨 종이요?

종종 어르신들께서
재구 흥구의 종을
물어보실 때가 있는데

믹스견이에요.

!!!

잘 못 알아들으시는 경우가
허다하기 때문에…

본의 아니게 이렇게
설명하게 되었다.

그걸 들으신
어르신들의 반응은…

잡종…?

그렇게 말하면
애들이 서운하잖아…!

1. 걱정형

그걸… 어?
이놈들도 듣는다고.

아니 그 순종 뭐 그런 게
좋은 게 아니고…

내가 어디서 봤는데
잡종이 건강하다 그랬어-!

잡종이어야 안 아프고
오래 산다 그랬어!

튼튼

ㅎㅎㅎ
ㅎㅎㅎ

아니여 아니여
이놈들은 잡종이 아니고-

애들은 좋은 개여.

이게, 몰라서 그렇지
야들 엄마 아빠가 엄청
좋은 개일 거여.

봐봐
잘~생겼잖아!

잘생겼개

3. 납득형

역시 잡종이라서
잘생겼던 거네-!

잡종들이~
그렇게 잘생겼어!

사람들이
그걸 모른다고~

혼혈이 원래 더 예쁘고
그런 것인데…

갑갑

아이고 예쁘다!

4. 허스키형

아니 아니야.
얘들은 잡종이 아니고

그 뭐냐, 그…
시베리아…
시베리아 스키?

그 엄청 추운 데서 막 눈썰매 끌고 다니는 개가 있어.

시베리아 허스키요?

그래 그거! 그거지!

그거네! 허숙기네!

산책 잘하고 들어가 허숙기야!

깨달음

ㅎㅎㅎ ㅎㅎㅎ

가끔씩은 재구와 홍구를 두고 토론이 벌어지기도 한다.

저기 그… 이 개들 종이 말인데.

아, 내 말이 맞다니까.

아, 일단 들어보자고.

욘두는 멍청이

얽

옹

까칠하고 좋고 싫음이 분명한
줍줍이와 달리

애애앵

애애앵애

욘두는 이상하리만큼 멍청했다.

울음소리도 어딘가
나사 하나 빠진 소리 같음

꼬부랑 욘두

바보야.

멍청이야.

그 후에도 욘두의 멍청함은
계속 이어졌다.

쏙

쪼로록

탁

아아아아앙...

다행히 빨리 알아차림.

생각이라는 걸 하고 하는
행동이 있는 걸까…?

없!

어!

애애앵

굳이 짜내보자면
줍줍이 화장실을
잘 치워준다는 것 정도?

행님! 응가를 덮지 않으면
천적이 올 수 있다옹!

스윽

스윽

정말 같잖은
생각이다.

그런 욘두가 인간의 변기까지
치워주기 시작했다.

싸악

싸악 싹

헉, 여보! 욘두가
변기를 묻고 있어요!

집사가 화장실을 쓰고 나오면
변기에 올라가서 꼭 묻는 시늉을 해줬다.

꼬부랑 욘두.

고양이는 호기심이 정말 많은 동물이에요!
위험한 장난을 치지 않게 주의해야 합니다.

멍멍 냥이의
자리싸움

사이좋은 멍멍이들도
가끔은 싸운다.

으르르르릉

으르르르르릉

재구는 장난감을 가지고 있을 때
옆에 오면 화를 내고

내 거개.
네 거 아니개.

으르르르릉

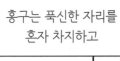
홍구는 푹신한 자리를
혼자 차지하고

옆에 멍멍 냥이들이
다가오면 화를 내는데

그날따라 새로 놔준 이불이
너무 푹신해 보였나 보다.

그런 홍구를 본 재구는

나도 앉을래!

거슬려죽겠네
멍자식들아…!

자, 이제 공평해졌다.
어서 가서 둘 다 누워!

잠시 간식 먹고 온
홍구의 자리를

쒸이이이이익

재구가 뺏어버렸다.

더

워.

1분 앉아 있더니
바로 시원한 자리로 가버림.

왜 싸운거.

줍줍이는 홍구가
자는 틈을 노려서

발소리 내지
않기 스킬

한참을 같이 누워 있다가

홍구가 깰 것 같으면
얼른 간다.

아무 일도   없었다.

그렇지만 욘두는 멍청해서
으르렁거려도 전혀
알아듣지 못하는데

아, 분위기
못 읽냐.

?

으르르르릉

그런 욘두가
홍구가 아끼는 자리에서
나올 생각을 하지 않고 있었다.

으르르르릉…

으르렁…

내 자리개.

나오지 않겠다면
나의 베개가 되어라!

아무리 으르렁거려도
욘두가 미동도 하지 않자

꺄아악

홍구는 욘두를 베고 누워버렸다.

쿨… 쿠울…

안 무겁냐
멍청이야.

그리고 둘 다 평화롭게 잠들었다.

다견 가정이라면 꼭 각자의 공간을 만들어주세요.
강아지들도 혼자만의 시간이 필요하답니다.

집에 가기
훈련을 해보자

멍멍이들은 산책을
아무리 열심히 해줘도

집에 들어오려고
하지 않았다.

그렇지만 집이 싫다기엔
너무 편안해 보임.

이놈들 고집부리는 게
습관이 된 것 같아.

산책을 오래 하면
목마르고 힘들고 배고픈데도
집에 들어오려고
하지를 않잖아?

고오집쟁이!

그래서 개통령님의 훈련을
따라 해보기로 했다.

고고~!

산책 나가기 전
간식을 준비하고

열심히 산책을 즐긴 후

집으로 돌아오는 길에
간식을 조금씩 떨어뜨려준다.

원래대로라면 이랬어야 하지만

챱챱챱   챱챱챱

집 가는 길에
간식이 떨어져 있네.

G 냄새 맡는 중

간식도 좀 신경 써줘!

크으응…!

퓨우우우…

구들은 간식을 조금도
신경 쓰지 않았다.

퓨우우우…

크으응…

그렇다면 다음 방법을
시도해봅시다!

멍멍이들과 함께 집으로 들어간 후,

산책 가자!

곧바로 다시 산책을 나온다.

짧은 거리로 들어가고
나오기를 반복한다!

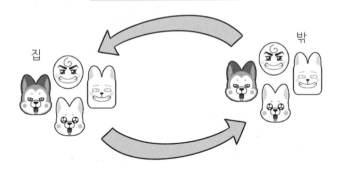

집

밖

그럼 멍멍이의 생각은

어차피
또 나올 텐데
들어가지 뭐.

그리고 세 번째 시도.

고오집

이제 힘들어…

재구의 고집이
조금도 나아질 기미가
보이지 않는다…!

네 번째 시도.

홍재구…
개… 숙기…

고오집!

거의 기어다님

다섯 번째 시도를 마지막으로

몸살… 났어…!

그날의 훈련은
아무런 성과도 거두지 못한 채
끝나버리고 말았다.

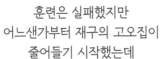

훈련은 실패했지만
어느샌가부터 재구의 고오집이
줄어들기 시작했는데

이제 집에 잘 가개!

이유는 바로…

새로 오신 경비 아저씨가
구들에게 반갑게 인사를
해주셨기 때문이다.

안녕~
산책 갔다 오니?

안녕하세요

또 하세요

인사할
거라고!

인사하고
가야 된다고!

그렇지만 현관에서
고집부리는 버릇이 생겨버렸다.

아니 경비 아저씨 바쁘시잖아…
너 진짜 부끄럽게 왜 그래.

안녕~
잘 들어가~

질질질

아저씨 안녕…

고오집 재구.

여러분도 반려견과 하루 한 번씩 꼭 산책을 나가고 계신가요?
반려견을 위해 행복한 시간을 만들어주세요.

멍멍이의 취향

멍멍이들에게는 놀랍게도
확고한 취향이 존재한다.

싫개!

좋개!

좋아하는 멍멍이들의
외형을 살펴보자면

자기보다 작은 몸집의
소·중형견들

그리고 뽀글뽀글한
털을 가진 멍멍이들과

푸들 여자친구도
두 마리 있음

푸들, 비숑프리제류,

솜뭉치 같은 느낌을 가진 멍멍이들을
엄청 좋아하는 것 같다.

져주는 척까지 하던
여자친구도 스피츠

같이
놀개

포메라니안, 스피츠 등등
여러 뽀송이들

그리고 발랄하고 적극적인 암컷.

홍구가
엄청 좋아함

경기도에 올라와서 꾸준히
만나고 있는 여자친구

음…
뭔가 취향이라기보다
그냥 가리지 않고 다
좋아하는 것 같은데용.

아니야!
싫어하는 멍멍이는 또
엄청 뚜렷하다구.

재구와 홍구는 시바를
엄청나게 싫어하는데

만나면 서로
쒸익쒸익

으르르릉르릉

암컷인지 수컷인지도
별로 중요하지 않은 듯하다.

왠지
왜 싫어하는지는
알 것 같아.

시바특
대각선으로
달려오기

쒸이익

으르르릉
으르르르릉!

이제껏 본 시바들은
열이면 아홉은
재구 흥구를 보자마자
대각선으로 뛰어왔다.

야, 너 인마,
일로 와봐.

고오집

줄을 당기다 못해
옆으로 누워서 달려오기

그리고 정말 이해 안 되는
싫어하는 취향 중 하나는

와, 진짜
개싫개.

우르르르룽
꾸르르르룽

으르르룽

부들부들부들부들

시베리아허스키

꾸르르르르
으룽렁렁렁!!!

으르르르
멍멍워럴렁!

야! 큰 개가 그러면
사람들이 싫어한다고.

쓰익

쓰이익

근데 묘하게
자기랑 닮은 개들만
싫어하는 느낌이…

종구가 연행해도
눈앞에서 사라질 때까지
화가 풀리지 않는다.

어우,
이제 무거워서
못 들겠어.

살찐 재구

그리고 그냥 고만고만하게
지내는 친구들.

콩~

웰시코기

콩~

그냥 인사만 조금 한다

그렇지만 시바랑 허스키는 싫어함.

에라이~
멍청아.

합쳐서 시바숙기!

+

도시에서는 아무래도
재구 홍구만 한 멍멍이들을 만나는 게
쉽지 않기 때문에

아르르르

다양한 소형견들과
보호자님들의 반응을
볼 수 있다.

야, 눈 깔아.

진짜 깔고 갔다.

개우륵...

뭐야 귀여워.

강아지들에게도 좋아하는 친구와
싫어하는 친구가 있어요.

욘두는 테러냥

아무리 생각해봐도

흐으으음…!

구릿   구릿

우리 집 고양이들의
응가 냄새는
너무 심했다.

여보야, 왜 응가를
치워도 치워도

냄새가 없어지지
않는 걸까요?

그러게 왤까.

사료 문제인가?

그렇지만 사료를 바꿔봐도 이상하게
집 안에서 응가 냄새가 사라지지 않았다.

이상하네…
왜 그러지?

쿵쿵!

챱챱챱쓰

그러던 어느 날

우리 구들,
켄넬을 거의
안 쓰네.

스읔

이참에 이불이라도
빨아놔야겠다.

왜 안 쓰는지
이제 알겠니

으… 으아!

꺄으아오아우왓!!!!!

꺼흐어흐흑
여보, 박욘두가

어쩐지 자꾸
켄넬에 들어가서
묻는 시늉을
하더라니 꺼흐흐

욘두는 켄넬에 꾸준히 응가를 한 후
이불로 응가를 숨겨두고 있었다.

우욱

욱

이불은 도저히
빨아서 어찌 할 수 있는
수준이 아니었고…

·예쁜생각·

타는 쓰레기!!!!!

우리 욘두,
언니 운동 시켜주네.

결국 이불을
버릴 수밖에 없었다.

애앵애

우리 욘두,
언니 다이어트도
시켜주네.

비위 약함
←

웩

애애애앵

그날은 밥도 못 먹음

욘두의 응가 테러 이후
남편과 나는 욘두를 유심히
지켜보기 시작했는데

냬애애애애애애앵

여보야! 욘두가
저기 앉았다가 일어날 때
발로 묻는 시늉 했어!

확인!

이이이이잉!

베개에 쉬함

욘두의 쉬야 테러 항목들.

이불 × 3

빈백

가방

쿠션

인조 잔디

그러던 어느 날
중요한 약속이 있어서
집을 잠시 비웠는데

나 갔다 올게!
집 지키지 말고

나가는데 좀
쳐다봐주라
자식들아.

후비

왠지 찝찝한 기분이 들었다.

박흔두 또 어디다
쉬하는 거 아녀?

괜히 집에서 또
쉬 냄새가 나는
기분이…

그리고 약속 장소에 도착해서
회의 겸 이야기를 나누고 있는데…

어려운 자리

쉬 냄새는 집이 아니고
나한테 나는 거였나…!

실내가
너무 따뜻해서
따뜻한 지린내가
올라와버려!

패딩에서 고양이 오줌 지린내가
올라오기 시작했다.

내가 지린 거
아니에요!

하필 그날따라 들를 데가 많아서

크흐흡…!

그날은 오래도록
궁둥이 비트를 탔다.

고양이의 배뇨 실수가 잦아진다면
화장실이 문제일 수 있어요.

고양이가
화장실이 아닌 곳에
실수를 해요

고양이가 의학적으로 이상이 있거나 화장실 박스를 싫어하는 경우,

화장실 밖에서 대소변보는 것을 선호하는 경우에 이런 행동을 할 수 있습니다.

따라서 고양이가 이런 행동을 보인다면 몸에 이상이 있는지 파악해 치료하고,

소변이 영역 표시를 위한 것인지 화장실 밖에 실수로 일을 본 것인지 구별해봐야 하며,

동거묘가 있다면 실수하는 고양이를 다른 고양이로부터 분리해줘야 합니다.

다묘 가정에서는 '고양이 개체수 + 1개' 이상의 화장실을 마련함으로써

각자 화장실을 분리해 사용하도록 유도하는 것 또한 좋습니다.

카페트에 소변보기를 좋아하는 경우라면

카페트보다 더 부드러운 재질을 준비해 화장실 안에 넣어주고,

타일과 같이 부드럽고 광이 나는 재질을 좋아하는 고양이라면

화장실 안에 타일을 넣고 살짝만 고양이 전용 모래를 덮어준 다음,

소변보는 것에 적응이 되면 모래 양을 조금씩 늘리는 방법을 써볼 수 있습니다.

또 다른 공간을 선호하는 경우에는 화장실을 선호하는 공간에 둔 다음,

그곳에서 일을 잘 보게 되면 조금씩 위치를 원하는 공간에 가깝게 이동해나갑니다.

한편 다른 여러 동물과 함께 키우는 경우
혹시 다른 동물들이 고양이에게 위협을 주어
화장실에 못 가는 것인지 확인해봐야 합니다.
화장실이 안에서 밖을 볼 수 없는 불투명한 것이면
화장실 밖을 360도 볼 수 있는 제품이나 화장실 통로가 두 군데인 제품으로
교체해보는 것도 좋습니다. 화장실 박스를 여러 곳에 마련해주는 방법도 있고요.
고양이가 화장실에서 볼일을 본 후 모래를 덮지 않거나
화장실 모서리, 화장실 바로 주변에 일을 본다면 대개 화장실이 깨끗하지 않기 때문입니다.
화장실 청소를 자주 해주고, 고양이 화장실을 청소할 때는
식초나 암모니아 성분이 들어가지 않은 제품을 사용합니다.
암모니아와 식초는 소변과 냄새가 유사하기 때문이지요.

이 밖에 화장실 자체가 문제인 경우도 있습니다.
사람에게는 박스형이 주변으로 냄새가 퍼지는 것을 막아주지만
고양이 입장에서는 화장실에 냄새를 가두는 것이므로
덮개가 있는 화장실을 싫어할 수 있습니다.
또 화장실 모래가 갑자기 바뀌는 경우에도 실수를 할 수 있으므로
이전에 사용했던 모래를 새로운 모래와 함께 섞어 사용함으로써
거부감을 감소시켜줘야 합니다.
부적절하게 대소변을 보는 장소에 화분이나 물건을 두어 접근하지 못하게 하거나
방에 격리하는 방법도 있습니다.
중성화가 되지 않은 수컷 고양이가 영역을 표시하는 경우에도
화장실이 아닌 곳에 소변을 봅니다.
중성화하지 않은 고양이는 중성화수술을 시켜주세요.

줍줍이의 목욕

고양이를 목욕시킨다는 건 엄청난 고난과 위험 부담이 따르는 일이다.

고양이는 특별히 목욕을 자주 하지 않아도 되는 깨끗한 동물이니 꼭 필요하지 않다면 굳이 하지 않기로 하자.

후우...

그날이 다가와버리고 말았습니다.

혹시 모를 부상을 방지하기 위해
두꺼운 옷을 착용하고

고양이 놈의 발톱을
미리 깎아놓습니다.

고앵이 목욕…
정말 하기 싫은데
말이죠.

홍줍줍이 응가를
밟고 뛰어댕겨서

불가피한 상황이
와버렸습니다.

그럼 목욕 준비를
해볼까요?

홍줍줍
어디 가실래?

면봉 →

고앵이를 화장실에 집어넣는 건
그리 어렵지 않습니다.

면봉을 받아 신이 난 홍줍줍은

면봉을 던져버리기 위해
화장실로 달려갑니다.

우리 줍줍이,
내 태블릿 펜도 화장실에
숨겨놨구나?

휴재할 뻔.

줍줍이의 보물 창고

그리고 문을 닫아버리면…!

철

렁

긁어도 소용없다.

긁긁긁긁
긁긁긁긁긁!

목욕하러 들어온 고양이는
발이 땅에서 떨어지면
극심한 공포를 느끼기 때문에
들어 올려서는 안 됩니다.

괜찮아. 거기
그러고 있어.

만약 고양이를
들어 올렸다가는

아아아악!!!!!

이렇게 긁힌다

팍
팍

이제
고앵이 목욕을
시작해봅시다!

여기서 중요한 점은
고앵이의 발을

절대 바닥에서 떼지 않아야
한다는 점입니다.

샤워기를 들고

구석에 자리한 고양이에게
수압이 적당한 물을 살살
뿌려주세요.

하아악!!!!

죄핫

지금 엄청나게 심한 욕을 들었지만
슬퍼하는 건 나중의 일입니다.

고양이가 샤워기 반대편으로
도망가려고 하면 도망가는 쪽으로
물을 뿌려줍니다.

몇 번 반복하면 고양이는
현타가 온 상태로 얌전히
물을 맞게 됩니다.

이때 만들어놓은
샴푸물을 뿌려주고

쒜킷쒜킷

그리고 다시 샤워기를 이용하여
깨끗하게 헹궈줍니다.

수건으로 물기를 닦아준 후
드라이어로 털을 말려주면 끝~

자 이제
나가서 말리자!

끼익

너어…
아주… 미워…

잦은 목욕은 고양이에게 스트레스를 줄 수도 있어요.

고양이의 목욕

얼마 만에 하나요?

고양이들은 태어나고 2주부터 자신의 몸을 핥기 시작하고
커서는 깨어 있는 시간의 절반을 그루밍하는 데 사용하므로 강아지들처럼
1주일에 한 번씩 목욕을 시키지 않습니다. 단모종 고양이들은 평균 1년에 1~2회 정도 하거나
털이 많이 빠지는 시기에 목욕을 하고, 장모종은 이보다는 더 자주 목욕을 합니다.
그러나 ① 몸에 대변이나 소변을 묻히고 더러운 오물 위에서 뒹굴었을 때,
② 피부에 지루가 많이 끼는 스핑크스종과 같이 털이 없는 고양이는 1주일에 한 번,
③ 길에서 구조됐거나 진드기 등 외부 기생충에 감염됐을 때,
④ 노령 고양이, 비만 고양이가 스스로 그루밍을 하지 못할 때는
바로 혹은 자주 목욕을 시킵니다.

어떻게 하나요?

최소 4주령부터는 목욕이 가능합니다.
먼저 고양이 전용 샴푸 혹은 개와 고양이 겸용 샴푸, 수건, 물 위에 띄워
주의를 돌릴 수 있는 장난감, 바닥용 고무매트 등을 준비합니다.
목욕하는 장소는 따뜻하고 찬바람이 들지 않는 곳이 적당합니다. 욕조에서도 가능하지만
허리 높이의 싱크대가 편할 수 있습니다. 파손이 우려되는 물건들은 모두 미리 치우고
거울이나 평상시 접하지 않았던 물건, 냄새들로 고양이가 놀라지 않게 합니다.
이제 따뜻한 물을 준비합니다. 온도는 체온과 비슷한 정도로 맞추면 됩니다.
고무매트나 타올을 욕조 바닥에 깔고, 욕실에서 목욕하는 경우 샴푸가 묻은 상태에서
욕실 밖으로 도망가지 않게 문을 닫습니다.
얼굴 부위에 물을 끼얹지 않도록 조심하고, 샴푸나 물을 적실 때는 수건을 이용합니다.
얼굴을 씻고 나서 목, 등, 배, 꼬리까지 잘 씻어준 다음, 샴푸를 모두 헹구고 나서는
마른 수건으로 고양이를 감싼 후 최대한 물기를 많이 닦아줍니다.

멍멍이와 소형견

멍멍이들은
경기도에 올라와서
소형견을 처음 봤는데

왈왈왁왁왁왁!!!!
와라와와와아왕!!!!

딱!

딱!

소형견들은 진짜
짱 무서웠다.

도시에서는 다양한 소형견들과
보호자분들의 반응을 볼 수 있었으니…!

1. 한입형

진짜 맹수

그렇게 번쩍 들고 가버리셨다.

2. 덤벼봐형

덤벼봐형의 보호자분들은
강아지를 안고 오시다가

왈왈와르르르릉
와르르르르륵왈!!!

와, 쟤를 이기겠다고?
덤벼봐 그럼.

내려놓음.

조 용~

······

3. 좋은데 무서워형

4. 너만 좋아형

가끔 있는 이 유형은…
왠지 슬픈데

재구와 홍구 중에
한 녀석하고만 인사해준다.

이상하게 재구는
암컷들에게 인기가 엄청남.

아니
우리 홍구
어떡해!

우리 홍구랑도
인사해줘!!!

암컷 인기도 : 홍구 < 재구

하지만 홍구의 공략 대상은
인간이다.

어머 어머 어머!
얘 나한테 왜 이래.

포옥

결국 간식 1개 얻어먹음.

개꿀!

다른 강아지와 인사를 시킬 땐
리드줄을 안전하게 잡아주세요.

여자친구와 노는 홍구 재구

오늘은 여자친구 만나는 날이라서
꽃을 좀 달아봤개

안녕! 나 어떻개?

꽃이 별로였나…?

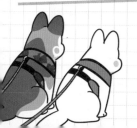

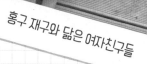

홍구 재구와 닮은 여자친구들

멍멍이와 독자님들

엇…! 쟤들…!

가끔 산책 중에
『노곤하개』독자님들을 만난다.

1. 닮았다형

보통의 반응은…

귀여워~

재구 홍구
닮았다.

『노곤하개』에 나오는
멍멍이 엄청 닮았어.

2. 아 그 뭐더라형

그다음부터는 정확히 말씀드리고 있다.

4. ×구형

으이구 여보야, '재구 홍구예요'라고 바로 말하면 되지.

아니, 진짜 봉구를 찾으시는 거면 어떡해!! 그러면 부끄럽잖아.

으이구…!

막상 진짜로 알아봐 주시는 분을 만났을 땐

아오 인사 하랄 땐 안 하고!

재구 홍구 안녕~

찰 싹!

자꾸 쥐 잡고 있음.

＋ 재구 홍구와 강아지 축제에 놀러 간 적이 있는데

아이고 예쁘다. 너 진짜 잘생겼다.

부비

부비

거기서 재구를 너무 예뻐해주시는 스태프분을 만났다.

너… 너 이 녀석…!

아저씨의 얼굴에
말벌이 날아와 붙자

재구가 물어서
떨어트렸던 것이었다.

명견이네! 명견이야!!
와아아아아!

별이 있길래
물어버렸을 뿐

개꿀

재구는 아저씨께 선물로
육포를 받았다.

옆쪽에서 그냥 귀염받고 있던 홍구.

아 뭐야, 나도
할 수 있는데.

나도 육포…

잘생긴 재구!

 길에서 구들을 만난다면 반갑게 인사해주세요!

삐용이가 놀러 왔다

맘미가 우리 집에
있을 당시에

콩이는 이미 기르고 있는
아기 고양이가 있었는데

맘미가 꽤나
살갑게 대해줌

어시스턴트
피콩

콩이는 아기 고양이를 데리고
우리 집에 자주 놀러 왔다.

얘 이름은 보야.
쫄보!

삐-용!
삐이-용!

헉, 삐용 하고 운다.
너무 귀여워!

오늘부터 얘 이름은 삐용이다.

아니야, 보야.

삐용이-!

아닌데 보…

삐용 삐용!

삐용이.
맘에 들어…

삐이-용!

그렇게 우리 집에 처음 온 날
보에서 삐용이로 개명돼버림.

삐용이는 우리 집에 놀러 올 때마다
줍줍이와 너무 친하게 지내서
우리가 매일 하던 말이 있었는데

줍줍이랑 삐용이랑
결혼해야겠다.

우다닷!

우다닷!

결혼해!

결혼해!

109

그렇게 가끔 만날 때마다
알콩달콩하게 지내던
줍이와 삐용이에게

몇 달 후…

욘두가 나타났던 것이다!

애앵애-

마침 한 달 차이의 또래였던
욘두와 삐용이는
급속도로 친해졌고

셋이서 친남매처럼
잘 노는가 했더니

…?

멀뚱 줍줍

삐용이와 욘두는 친해지는 걸 넘어서
애정 행각을 벌이는 사이로까지 발전해버렸다.

부빗~ ♡

헐~

허어얼~

야! 욘두 너, 맨날
줍줍이 뒤만 따라다니더니

손날 가르기

줍줍이 버렸어!!!

꿔다 놓은 보릿자루 줍줍.

약간무... 섞이멀시...!

우리 줍주비!!!

괜찮아. 언니가 쓰담 해줄게!

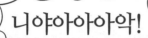

니야아아아악!

캣색갸.

그러던 어느 날 밤

와, 진짜 니들 너무한다.

그 후 줍줍이는 왠지
삐용이에게 쌀쌀맞아졌다.

삐용 머쓱;

엉 아부지
무슨 일이야.

평소에 전화 잘 안 하는 아빠가
웬일로 먼저 전화를 해왔다.

미미야, 해봐.
빨리.

뭘 해보라고?

아, 빨리 미미
불러봐!

아빠는 집에 온 손님들에게
내 목소리를 알아듣는
매미를 자랑하고 있었다.

매오옹

이것 봐라. 누나 목소리라고
다 알아듣는다니까.

매미가 똑똑해.

고양이
싫다더니.

고양이들도 집사의 목소리를 기억하고 있어요.

삐용이와 욘두의 연애

삐용이와 욘두는
사이좋은 커플입니다.

놀 때도

우다다

다다

ㅋㅋ

ㅋㅋ

잠잘 때도

삐용이는 언제나

고로롱
고로롱

할륵

할륵

욘두에게
그루밍을 해줍니다.

줍줍이는…

탁 탁

……

멍멍이와 눈치 싸움

멍멍이들과 인간에게는
오묘한 눈치 싸움이 존재한다.

으,으, 집이 좀
춥네…

샤샥   샥

옷을 좀 입어볼…!

퓨우우......

아니 이놈들, 사람 아니냐;;

결국 산책 한 번 더 갔다 옴.

늘는다. 늘어.

개꿀!

그리고 또 다른 눈치 싸움!

화장실까지 가는 경로

집에서 잠시 화장실이라도 다녀왔다가는

스윽

그냥 지나갈 수 없개!

배를 만지개!

자동문 같은 놈들...

반경 2미터를 지날 때마다 만져줘야 함.

아... 진짜 번거롭네.

나도 만지개.

쉽게 내려오지 않는 다리 →

한 녀석만 데려갈 때
남은 한 녀석은

자기를 안 데려갈
거라는 사실을
너무 잘 알고 있음.

재구는 이다음에 갈 거잖아~
홍구랑 먼저 갔다 올게~

끼이이이이잉…!!

ㅋㅋㅋ
ㅋㅋ
ㅋㅋㅋㅋ
나는 가는데
ㅋㅋ

문 닫고 가면 운다.

재구 울면 홍구 엄청 신나 함.

그렇지만 재구가
먼저 갈 때는

울고 있는 홍구

끼이이이이잉…!

어떡하지
쟤도 데려갈까?

낑

아 우리 재구
너무 착하다…!

포지션이 확실한 형과 동생.

다견 가정의 산책에서도
혼자만의 시간이 중요하답니다.

줍줍이는 겨울이 추워

사실 우리 집은 굉장히
따뜻한 편인데도

겨울에도
반팔 차림

줍줍이는 겨울이 추웠나 보다.

뭔가
쭈구리해진 것 같다.

겨울이란 계절은 줍줍이를
엄청나게 바꿔놔버렸으니…!

작업을 하고 있을 때도

아니 누구세요.
우리 줍주비 아닌데?

부빗.

잘 때도

폴짝

꺄아아
넘 죠앙.

화장실로 들어가도

문 열고
따라 들어옴

우리 줍줍이가
달라졌어요~!

얇까꿍

얇옹깳꿍

부맛

부맛

줍줍아 이게 무슨 일이야.
왜 이렇게 애교쟁이가 됐어?

줍줍이는 더 따스한 곳을
찾아 헤매기 시작했다.

부빗

부빗

그래… 나보단
노트북이 따뜻하겠지…?

줍줍이 때문에
일을 못 하겠다.
게임 한 판 하자~

너 줍줍이
일부러 올려놨지.

당장 들어와서
방 파!

진

지!

이미 팠음.
비번 내 생일 ㅎ

그러던 와중 종구가
컴퓨터를 하나 질렀는데,

이제 우리도
고사양 게임 할 수 있어요~!

여보 게임
안 하잖아.

네가 해야죠~

자꾸 게임하라고
강요하지 마라.

줍줍이가 그 컴퓨터에
눈독을 들이기 시작했다.

스윽

후끈

후끈

따땃…!

호로록 호로로로록 호로로로록
(코 막힌 줍줍이가 기분이 좋아서 내는 소리)

아니 홍줍줍, 거기 앉아 있으면
쿨러를 달아놓은 의미가 없어지잖아!

하지만 쿨러는 문제가 아니었고

꾹

띠리리링♬

종료 중

내 파일...!
홍줍줍 미쳤어!!!!!!!

꺄아악! 나도 얼른
세이브해야지.

급한 대로 전원 버튼 위에
뚜껑을 만들어봤지만

촷촤!

띠리리링♬

종료 중

캣생갸!!!!

쫓아내도 절대 포기하지 않는
홍줍줍 덕분에
전원 버튼은 테이프로
감겨버리고 말았다.

나른~

저걸 또 베개로 쓰고
저런 표정을 짓는 점이
기분 나빠 홍줍줍.

+

매미는 내가 아는 모든
고양이 중에 가장 따뜻한 곳을
좋아하는 고양이인데

빅

와아악! 보일러 때문에
너무 뜨거워.

떡!

화상 입을
뻔했다.

야 인마
일어나봐!!!

너 그러다
화상 입어!!!

나른…

손바닥만 대도 견디기 힘든 정도의
뜨거운 바닥에서 몸을 지지는 게
매미의 일과 중 하나였다.

그렇게 뜨거운 곳을 좋아하는 매미도
여섯 살이 돼서 노련미를 얻어버렸으니

점프!

매오옹

똑똑~
문 열어
주세요.

톡

톡

귀찮아
죽겠네.

우히힝
따뜻해.

이불을 들어주면
들어가서 잔다.

엄마의 메신저 톡.

엄마

애는 웃기지도 않아!! 밤만 되면
내 옆에서 팔베개도 하고 이렇게 잔다.
부를 땐 본체만체하다가도 ㅎㅎㅎ
이걸 어더렇게 할까?? ㅋㅋ
엉덩이 비트 날려??

오전 10:06

고양이는 추위를 많이 타고 따뜻한 곳을 좋아해요.

유기견 힝구 (1)

보호소에서 입양자를 찾기가
가장 힘든 강아지들은

아마도 진도 믹스가
아닐까 싶다.

예쁘지 않아서, 몸집이 커서,
이런 개들은 밖에서
길러야 하니까…

다양한 이유로 진도 믹스들은
입양이 되지 않고 결국에는
안락사가 될 위험에 처한다.

힝구도 당장 몇 분 후 안락사가 될
그런 강아지였다.

우리가 데려와서
돌봐줘용.

열심히 찾아보면
입양 갈 수 있을 거야.

남편과 의논한 후
힝구가 입양 갈 때까지
돌봐주기로 했다.

SNS에서 홍보하면
키워줄 사람이 한 명은
나오겠지…?

그렇게 급하게 힝구는 우리 집에 왔고,
봉사자분께서 힝구를 이동시켜주셨다.

방 한편에서 분리된
생활이 시작됐다.

솔직히
너무 무섭다…!

근심

걱정

책임감

언제 나타날지도 모르는
보호자를 찾아준다는 게…

그래도 잘해보자…!
오늘부터 네 이름은 힝구야!

보호소에서는 밀키라는 이름을
가지고 나왔다고 한다.

아니 여보, 좀 이쁜 이름으로 해줘요.

애를 좀 봐. 얼굴에 히잉이라고 쓰여 있잖아!

힝···

그리고 우리 집에 온 이상 뒤는 구로 끝나야 한다.

음··· 그나저나 입양 홍보를 하기까지는 시간이 좀 걸릴 것 같네요.

우리 집에서 지내면서 안정도 찾아야 하고

병원에서 검진도 받고··· 그리고 살도 쪄야 하고

그쵸? 조금이라도 더 건강한 상태여야 데려가고 싶을 테니까.

힝구는 머리를 쓰다듬어 주려고 하면 눈을 질끈 감았다.

쓰당...

질끈...!

힝구가 겁이 많구나. 괜찮아질 거야.

개...시원!

벌써 긴장 풀렸다! 내가 가려운 곳을 잘 알지.

힝구는 보호소에서부터 목걸이를 차고 우리 집까지 왔는데

너무 지저분해서 다른 걸로 바꿔야겠다.

철컥

누가 널 버린 걸까…!
아니면 어쩌다가
집을 나왔나?

버려진 건지…
보호자가 찾지를
않은 건지…

아니면 찾는 방법을
몰랐던 걸까.

어쨌든 너 여기서 잘 쉬다가 좋은 가족 만나서 가야 돼 인마.

냠냠냠냠냠

거의 간식
자동 분쇄기

수컷은 재구 홍구가
싫어할 가능성이 높아서
마침 암컷이던 힝구를
데려오게 된 건데

암컷이래

호오잉
우리집에 암컷이

쪼전당

힝구야 인사해!
오늘부터 애들이랑
같이 지낼 거야.

어때 잘생겼지?
얘는 재구고
얘는 홍구임.

그렇구나…
개싫구나…

재구 홍구 정말
오랜만에 차였다.

집에 새로운 강아지를 들일 땐 적응을 위해
따로 분리된 시간이 필요합니다.

유기견 입양 시 받아야 할 검사

유기견은 접종이나 내외부 기생충 예방과 같은 기본적인 관리가 되지 않은 상태에서 유기가 되고, 길에서 배회하며 진드기, 바이러스, 세균, 곰팡이, 부패한 음식물 등을 접함으로써 병에 감염되거나 구토, 설사, 기침 등의 임상 증상을 보일 수 있습니다.

1. 홍역, 인플루엔자, 파보, 코로나 바이러스 키트 및 PCR 검사, 지알디아 원충 키트 검사, 현미경을 통한 장내 기생충 충란 검사, 외부 기생충 검사(가장 흔하게 발견되는 것들이고 입양 후에도 관리나 치료 혹은 입원 등이 필요할 수 있으므로 검진이 꼭 필요한 부분입니다.)
2. 복강 내 장기의 이상 유무를 판단할 수 있는 혈청 화학 검사, 복부 초음파, 복부 엑스레이 검사
3. 슬개골 탈구, 고관절 이형성증과 같은 근골격계 이상을 판단하기 위한 뒷다리와 골반 부위 엑스레이 검사
4. 진드기나 벼룩과 같은 외부 기생충, 링웜과 같은 곰팡이성 피부병, 세균성 피부염의 존재 유무를 판단하기 위한 곰팡이 및 세균 배양 검사와 모발 검사
5. 심장과 폐 질환 여부를 판단하기 위한 흉부 엑스레이 검사와 노령견의 심부전증과 폐수종, 어린 강아지들의 바이러스에 의한 폐렴을 판단하기 위한 심장 초음파 검사
6. 귀 진드기 및 외이염에 대한 검사
7. 안충이나 결막염, 안구 건조증의 유무를 판단하기 위한 눈물 분비량 검사와 검안경 검사
8. 치석, 잔존 유치, 에나멜질 손상의 유무를 판단하기 위한 구강 검사
9. 수컷 강아지의 잠복 고환 유무 확인과 암컷 강아지의 임신 유무를 판단하기 위한 복부 초음파 검사
10. 탈수, 빈혈, 염증 유무를 판단할 수 있는 혈구 검사

유기견 힝구 (2)

겁이 많고 항상
불안해하던 힝구는

며칠이 지나자

G랄견이 됐다.

이게 푸들이여
진돗개여!

점프!

점프 진짜 잘함…

쩌엄푸!

명치 크리티컬-!

따으합!!!!

야, 너 나 이렇게
좋아하면 안 돼 자식아.

아닌가. 너 내가
만만하니?

펄쩍

펄쩍

펄쩍

고만해~
!!!!!!!

힝구는 재구 홍구와는 다르게
너무너무 기특한 개였다.

재구 홍구가 안 먹는 거
힝구가 다 먹는다!

쏨쏨

쏨!

편식도 전혀 없고

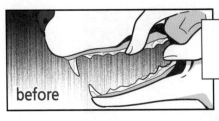

개껌을 너무 잘 먹어서
이빨이 엄청나게 하얘졌다.

반짝
after
반짝

처음 왔을 때랑
엄청 달라…!

약도… 그냥 먹네…!
눈물이 난다. 흑흑

꿀꺽

떨어트렸길래
주워서 먹었개!

우리 집에 있었던 약 2개월 동안
단 한 번도 짖지도 않았고

조~용

낑낑밖에 할 줄 모르는
우리 힝구…!

글로 가자면은 뭐
가야지 뭐.

고오집 같은
거 없다!

너무… 좋아…!

걱정되는 점이 있었다면
다른 강아지들과 어울리기
힘들다는 것과

흥분

끼이잉

흥분!

사회성 부족한 힝구

고양이를 너무너무
잡고 싶어 한다는 것.

끼잉

삐잉

눈을 떼지 못한다

언제나 고양이들의 안전이
가장 중요하기 때문에
힝구의 방은 늘 잘 잠가놓고

앰옹?

산책을 나갈 땐 고양이들을
다른 방에 넣어놓은 뒤
힝구를 나오게 해줬다.

줍줍이와 욘두의
하루 일과 중 하나였던

애애 애앵—

낑··· 낑···!

힝구 능욕하기.

너도 당장은 아니지만
천천히 친구 사귀는 법을
배워야 해 힝구야.

나 말고 개랑.

할ㅌ 할ㅌ

할ㅌ

할ㅌ

힝구는 재구 홍구와 함께
산책도 시작했다.

멍멍이들끼리 친근하게 다가가진 않지만
생각보다 잘 지내고 있다고 생각한 어느 날

이렇게 가까이
산책해도 괜찮은데
조심해서 엘리베이터
같이 타볼까요?

그럴까요?

그렇게 엘리베이터를 기다리면서
멍멍이들끼리 간단한 인사를 나누다가

쿵쿵

쿵쿵

뽀뽀~

씹

?!!!

힝구는 갑자기 다가온
재구의 주둥이를 앞니로 깨물었고

엉뭐머머머!
월뭐러뭐머머머!

꾸르르르릉!!!

다행히 상처가 나거나 하진
않았지만 재구는 화가
정말 많이 났다.

쟤 진짜
이상한 애개!

뜨아…
재구야 괜찮아?

미안…
미안 미안 미안.

힝구 너
그러면 안 돼!

나한테 미안해서 뭐 해!
재구한테 미안해야지!

힝구가 입양 가기 전에
적어도 괜찮은 친구를
만들 수 있다는 건

힝무룩

보여줬으면
좋겠는데…

포기하지 말고
천천히 해보자!

힝구와 함께 이런저런
훈련을 해보기로 했다.

개껌은 치석 제거에 효과적이에요!

유기견 힝구 (3)

간식 없나

안 해

재구 홍구도 '앉아', '손', '엎드려'
정도만 할 수 있다
그마저도 간식 없으면 잘 안 함

나는 강아지 훈련에 대해
잘 몰랐기 때문에

막막…

힝구… 어떻게
훈련시켜야 하지?

사실 힝구랑 재구 홍구를 놓고 보면 훈련받아야 하는 건 이놈들이다.

여러모로 힝구가 더 의젓하게 느껴짐

그나마 있는 힝구의 단점인 사회성이 부족하다는 점도

예전의 홍구 재구가 더했을 거야.

지금은 많이 나아졌지만

하지만 힝구는 유기견이고… '큰 몸집의 유기견인 데다 단점까지 있다니'라고 생각하면

선뜻 힝구를 입양해줄 사람이 있을까?

사실 단점이 없는 강아지 같은 건 없어.
어떤 문제를 주의해야 하는지 미리 알고
입양할 수 있다는 건 분명 더 괜찮은 일인데…

단점을 미리 알고 대비할 수 있다면
파양하거나 유기하는 게 쉽진 않을 거야.

불쌍하단 이유로 쉽게

엄청난 부담이 따르는
임시 보호를 하고 싶지는
않았지만

재구 홍구처럼 힝구 같은 개들도
짧은 줄에 묶어놓고 놔두는 게 아닌
사랑받고 살 수 있는 개라는 걸
한 번쯤은 보여줬으면 좋겠어.

라는 생각을 했다.

그리고 엄청나게 부담스러워진
지금의 상황이 돼버린 거지.

어떻게 해야
힝구가 잘 알아듣게
할 수 있을까?

?

힝구는 이미 '앉아'와 '손',
'엎드려'를 할 줄 알았기 때문에

아하

다른 강아지를 보고도
흥분을 가라앉힐 수 있게
'기다려' 훈련을 해야겠다!!

생각보다 힝구는
엎드려 + 기다려를 잘했다.

근데 너무 빨리 일어남.

뭘까…?
말을 잘 듣는데,
안 듣는 이 기분은.

힝구와 산책 나가서
다른 강아지와 마주치면

힝구 기다려~

힝구가 흥분을 가라앉힐 때까지
같이 기다리고

흥분을 가라앉히면 보상.

냠냠!

산책 중에도 나한테 집중하는
습관을 들일 수 있게

이거 맞게 하는 거
맞나?

딸깍

간식
개꿀.

클리커로 딸깍 소리를
내고 간식을 주기도 하고

재구 홍구와의 산책도
꾸준히 같이했다.

금방 안 바뀐다고
실망할 게 아니고

꾸준히 하는 거야!

그리고 힝구는
홍구와 친구가 됐다.

힝구에게 뽀뽀하는 홍구.

  강아지들도 친해지는 데 시간이 필요해요.

유기견 힝구 (4)

힝구랑 홍구는 급속도로 친해져서
애정 어린 스킨십도 하게 됐는데,

재구는…

여전히 힝구가
못마땅했나 보다.

와아아아아! 아이고 우리 재구 이쁘다!

그렇다고 완전히 화가 풀린 건 아니라는!

재구 홍구와 조금 친해졌다고 해서

힝구가 갑자기 '뿅' 하고 사회성이 좋은 개로 바뀐 건 아니었지만

끼잉잉…!

끼잉…!

으릉~ 으릉!

재구 홍구도 예전에는 수컷이라면 무조건 싫어하기만 하던 시절이 있었으니까.

요즘은 수컷이랑도 좀 인사해준다

힝구도 천천히 안정을
찾을 수 있을 거야.

간식!

이제
친구 있잖아!

그리고 SNS에서 힝구를
입양해주실 분을 찾기 시작했다.

힝구의 사진과 성격이 들어간 글과
힝구의 평소 모습이 들어간 영상들로
입양 홍보 게시물을 만들었고…

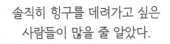

솔직히 힝구를 데려가고 싶은
사람들이 많을 줄 알았다.

점프!

너무 발랄하고
귀여웠고

재구 홍구에 비해 큰
크기도 아니었기 때문에.

재구 23kg

힝구 18kg

마당이 없어서
안 되겠다는
글들이 많구나…

마당보다 중요한 건
산책인데…

아마도 힝구를 입양하기 위한 자격 조건도
한몫했을 거라고 생각한다.

가족 관계, 직업이 있는지, 나이,
반려견을 기르는 데 필요한 간단한 지식과
가족 구성원들 모두의 동의서 등등
그리고 까다로운 조건들.

반려견을 처음 들이고자
하는 분들한테는

유기견들의 파양을 막기 위해
힝구의 구조자분께서 내건
조건이었는데

흐응...

답변하기 어려운
질문이겠는걸.

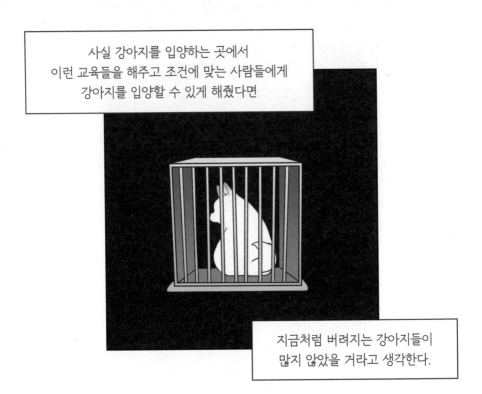

사실 강아지를 입양하는 곳에서
이런 교육들을 해주고 조건에 맞는 사람들에게
강아지를 입양할 수 있게 해줬다면

지금처럼 버려지는 강아지들이
많지 않았을 거라고 생각한다.

장점이 있다면

귀여움

단점도 있는 법이다.

잘 짖는다

털 빠짐이 심하다

병원비가 많이 든다

강아지를 입양하기 전에
강아지와 사는 것에 대해
미리 알 수 있다면

털이 많이 빠진다든지
짖음이 심하다는 이유 정도로
버려지는 일도 사라질 텐데…

그리고 힝구를 입양하고 싶다는
분들이 나타났다.

강아지를 입양할 때도 많은 준비가 필요합니다.

유기견 힝구 (5)

힝구의 입양을 희망하는 분들이
조금씩 나타나기 시작했지만,

문의

힝구 문의요

문의

힝구 입양
갔나요?

힝구

실제 입양으로 이어지는 건
너무 힘든 일이었다.

연락이 없어요…

가족 중 한 분이
갑자기 마음을 바꾸셨다고…

SNS를 봐주시는 분들이
이만큼이나 많은데도

힝구 같은 강아지들은
새 가족 찾기가 이렇게
힘이 드는구나…

힝구, 실내에서 짖지도 않고
착하고 발랄해서
너무 귀여운데…!

그치 힝구야?

그렇게 두 달을 좀 넘기고 나서
한국에 살고 계신
외국인 가족분들께 연락이 닿았고

입양 신청서에 답변을
해주신 분은 처음이야!

169

힝구를 보러 온 가족이
우리 집에 방문해줬다.

oh sweety~

영어에 능한 지인의 도움을 받아

힝구의 성격과 주의할 점을
번역해서 보여드렸다.

힝구를 보러 오신 가족분들은
힝구와 함께 간단한 산책을 해본 뒤

준비가 끝난 후 다시 와서
힝구를 데려가기로 했다.

힝구야 너 입양 간대~!
우와, 힝구 좋은 데 간다!!!

뭔가 서운하다…
힝구 가면 좀 슬플 것
같아.

힝구 이제야 진짜
편하게 쉴 수 있는
진짜 집이 생기는 건데
왜 슬퍼요~

막상 힝구가 입양 가는 날이 돼서
힝구 짐을 챙기다보니
먹먹해지기 시작했다.

왈!

너… 간대…!

그렇게 힝구의
새 가족들이 도착해서

힝구를 차에 태우고
잘 가라고 인사해주고 나니

뭔가 울컥한
기분이 들었다.

평소에는 차
무섭다고 못 타더니

새 가족인 걸 아는 건가
차도 잘 타고…

여보, 힝구
잘 갔어!!!

힝구랑
안녕 했어…!

그날은 정말 집이
텅 빈 느낌이 들었다.

뭐랄까
있어야 할 게
없는 기분.

힝구는
진짜 착했어.
그렇죠?

웅.

고오집~

웅.

이놈들은 고집쟁이인데.
그렇죠?

재구와 홍구는
우리 가족이 돼서
행복하게 살고 있고

또 다른 재구와 홍구였던
힝구는 이제 새 가족과 함께
행복해질 일만 남았다.

귀여운 힝구.

강아지를 입양할 때 갖춰야 할 조건들에 대해서
생각해본 적이 있나요?

힝구는
중성화수술 때문에
병원에 왔어요

수술이 끝나도 밥 잘 먹는 힝구

힝구의 사진

얌전하게 있으면 간식을 준대요

힝구도 산책이 너무 좋아!

멍냥이와 로봇 청소기

종구가 로봇 청소기를 샀다.

청소기 안 돌리고 살 거야!

로봇 청소기가 다 해줄 거야!

오… 별로 쓸모없어 보이는걸~

여보가 뭘 알아! 청소도 잘 안 하면서!

야, 너도 잘 안 하거든!

이건 이런 기능이
이러이러해서 이렇고
또 이 부분이 이런 처리를 해서
이러이러이러이러하고

아…
귀찮다…

직업 : 강사

종구의 직업병이
또 도져버렸다.

막상 청소기를 돌려보니

생각 외로…
잘하는데?

위이잉 -

거봐라!
이 바보야~

순간 어디에선가 봤던
영상이 떠올랐다.

로봇 청소기
타고 다니는
고양이

귀여워…!

줍주바!!! 욘아!!
일로 와봐!!

쌔

앵

거봐, 결국 좋아할 거면서.
남편 말 듣길 잘했지?

로봇 청소기를 처음 본
고양이들은

쿠쿵…!

쿵…!

위이이이이잉

냥냥펀치를
날리기 시작했다.

찰싹!

찰싹찰싹!

ㅋㅋㅋㅋㅋㅋ
ㅋㅋㅋㅋㅋㅋㅋ
ㅋㅋㅋㅋㅋㅋㅋ

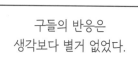

구들의 반응은
생각보다 별거 없었다.

저게 청소를 잘허네.

뭐냐 그 아빠 같은 반응은…

멍저씨…

로봇이지만 **뿔뿔뿔** 움직이며 열심히 일하는 걸 보니 이상하게도 정이 갔다.

뿔뿔뿔

우리, 재한테 이름을 붙여주자.

너는 오늘부터 방개야. 물방개.

방개랑 똑같이 생겼네 그려.

방…

털을 빨아들이다가 결국 멈춰버림

……

방개야…!

토해 이 녀석아…! 토하라고!!!

뽑 뽑 뽑 뽑 뽑

방개는 겨우 살아났지만 우리 집은 방개에게 호락호락하지 않았다.

야 방개 다리를 왜 뜯냐!

악마 줍줍

팡 팡

친오빠가 가져감

안녕…

결국 방개는
우리 집을 떠났다.

안녕…

방개…

휴~

이중모를 가진 강아지들의 털갈이는
청소기가 감당할 수 없을 정도로 힘들어요.

멍멍이와 눈

멍멍이들이 제주도에 살 땐
그다지 쌓인 눈을 볼 일이 없었지만

눈이 아니고
돌이 내린다!!

타닥

타다닥

따가웡!

확실히 경기도로
올라와보니

호오오옹

호오오오오오옹~!

발목 깊이의 물

홍재구
축축하대요~

구들에게도 소복하게 쌓인 눈을 밟는 것은
꽤 신나는 일이었나 보다.

뿔뿔뿔뿔뿔뿔

누군가 만들어놓은
눈사람 발견!

쿵쿵!

파괴

야 인마
부수지 마~!

퍽!

퍽 퍽퍽!

눈사람 다 부수고
냠냠 먹음.

죽여…줘…

냠냠냠 냠냠냠

그날은 아무것도
할 수 없었다.

여보 괜찮아?

어우 씨…

추웡.

난 아파서
못 나가.

결국 고생하는 건
남편이었다.

눈이 많이 쌓인 날 눈과 함께 밟게 되는 염화칼슘은
강아지의 발바닥에 상처를 줄 수 있어요.

욘두의 사춘기 (1)

언제나 치근거리는 애교 담당 막내였던 욘두에게도

치근

치근

에헤헤

넘 죠앙~

사춘기가 찾아왔다.

텁

안 돼…!
욘두 너만은 제발…!

세상의 이치

하나가 가면…
하나가 오는구나…!

다행이야…

골골골골골골

욘두는 집사에게는 냉랭했지만

뿔뿔뿔

어시네 삐용이에겐
아니었으니!

착!

허어 진짜 너
어이없다 증말…!

알콩달콩

할

할

박욘두 그렇게
안 봤는데…!

음… 상태 보고
욘두가 힘들어하면
수술 날짜를 잡읍시다.

욘두는 급속도로 야위어갔고

아니 우리 집 애들은
발정만 오면
피골이 상접하네…

살 빠진 욘두

애… 오…

결국 중성화수술
날짜를 잡기로 했다.

삐용이와 욘두.

암컷 고양이는 생후 5~6개월 정도에 첫 발정을 시작합니다.

욘두의 사춘기 (2)

왜앵앵앵앵

욘두의 수술 날짜를 잡고
또다시 고통의 시간을
견디기로 했다.

애애애애애애애애앵애애!!!

욘두야 귀에 대고
그러지 말아줄래.

애애애앵앵애애!!!

펑 펑 펑

내 고막…!

욘두의 발정기는 소음보다
더 큰 문제가 있었으니…

부빗

부빗

몸이 간지러운 욘두

척척척

착!

으르르르릉
으르르르릉

으르르르릉

기옷

기옷

기옷

꺼지개
내 자리개.

홍구를 귀찮게
한다는 것!

언니가
놀아준다니까!

내 옆에서
사라져!

열심히 데려와서
무릎에 앉혀봐도

쪼르륵

가지 마~!!!
박윤두!

뿌잇~

으르르릉...
으르르르릉!!!

피곤~

야 너 왜 진짜
홍구한테만 그러냐.

203

알고 보니 재구한테도 가지만
재구는 귀찮아서 얼른 피함.

쌩

무서워서 피하는 게 아니라
귀찮아서 피하는 거다.

하지만 좋은 자리에 앉는 걸
좋아하는 홍구에게는

으르르르릉···
으르르르릉!!!

폭신폭신한 자리는
뺏길 수 없개!

욘두야 우리 홍구
잠 좀 자자!

참을 수 없는 일이었던 것이다.

며칠 후

으아 제발
약 좀 먹어!!!

튜튜튜

이거 너
진통제란 말이야.

또 다른 어려움이
생겨버렸지만

다음부터는 약 안 먹으면
그냥 빨리 병원으로 오세요.

네···! 흑흑

여러 가지 시행착오를 거쳐

주사 맞은 욘두

와아아아아!!!!

고롱롱
고롱

욘두는 다시 건강한
애교쟁이 막내로
돌아올 수 있었다.

중성화수술한 욘두.

반려동물의 중성화는 꼭 의사 선생님과 상의 후에 결정하세요.

환묘복 만들기

멍냥이와
집에 오는 사람들

멍멍이들이 제주도
전원주택에서 살 때와는 달리

흐뭇

멍멍멍! 멍멍!

집 잘 지키면
간식 받던 시절

지금의 집은 구들이 나서서
집을 지켜야 할 필요가
없기 때문에

누나야 저기 좀 나가봐
이상한 소리 들림

타타타 탁탁

아주 잘했어.

집 같은 거
안 지켜도 돼. 알았지?

그냥
누워 있었을 뿐.

구들은 집에 찾아오는 사람들에게
엄청나게 호의적인 태도를
가지기 시작했다.

좋은 사람만
통과하는 문

누구개?

?

뭐 하러 왔개?

1. 음식점 배달원

치킨 왔습니다~
맛있게 드세요.

감사합니다!

쿵쿵

쿵!

헉

안녕~

헉 진짜 짱이시개.

뽀뽀 받고 가개.

2. 택배 배달원

택배입니다~!

뭐야 뭐야.

감사합니다!

안녕하개. 그거 뭐개?

우히힝 택배~

촤촤촥 촥

사삭

삭

짜자잔~ 니들 간식 왔지롱.

수리하다가 나온 파편들을
가지고 엄청 노는 고양이들.

야 이놈들아
적당히 해.

호잇

괜찮아요~
버리는 거라.

호잇

그러던 어느 날

이게
무슨 소리개.

끼익

타다닥

쾅

전등을 고치기 위해 방문해주신
수리 기사님이 사다리를 가져오셨다.

까아아아악

줍줍이는 사다리가
너무너무 무서운 나머지

빌트인된 세탁기 문을 열고

세탁기 밑을 뚫고 들어가

손을 뻗어 문을 닫았다.

이 정도 할 줄 알면
화장실도 그냥
네가 치워라.

수리 기사님이 나가시자마자
집 안은 광란의 파티가 벌어졌다.

워후~
살았개~

죽을 뻔했개.

둠칫

두둠칫

우다다

우다다다다

......

✝ 거리를 지나가다 보면

와~ 이렇게 큰 강아지 둘이 보디가드라서

엄청 든든하시겠어요!

가끔씩 이런 말을 하시는 분들을 만날 수 있다.

⋯⋯

반려동물이 집에 방문하는 사람에게 좋은 기억을 가질 수 있게 도와준다면 짖음 문제가 좋아질 수도 있어요.

장난감이 너무 좋은 줍줍이

장난감을
가지고 노는
줍줍이와 재구

재구는 새로 산 인형이
너무 좋아!

아끼는 인형을
산책할 때도 들고 갈 거개

내 인형 어떻개?

화장실이 궁금해

집사가 화장실에 가면

끼익

배 아파…!

덜컹… 덜컹덜컹 덜컹!

뭐야 저리 가! 들어오지 마!

문이 잘 안 잠김

줍주비가 왔다네~!

마음대로 화장실에
난입한 줍줍이는

아 진짜
매너 없어!

기웃   기웃

꼭 애교를 한 번 부려준다.

얩…!

장화 신은
고양이 모드!

뭐야 귀엽잖아.
일로 와!

그렇다고 또 아주 오지는 않음.

건방진 고양이들…!

기웃 기웃 기웃

줍줍이는 앉아 있는 집사를 툭 툭 쳐보다가

정말 집중 못 하게 하는구나.

앙!

배수구에서 뭔가가 움직이면

번뜩

까각 까가각!!!

배수구에서 나온 작은 벌레

생존력 0%

까가가각!!!

캅캅캅캅

벌레를 먹을 땐 저런 소리가 난다.

으악… 흥줍줍 디스거스팅…

벌레 다 잡으면 괜히 여기저기 다 건드려봄.

이게 인간의 몸닦개인가

아, 하지 마 좀.

괜히 세면대에서 물 마시기.

갈짝갈짝

다 기웃거리면 문 열어달라고 함.

얚옹… 얚!

당기는 문은 못 여는 줍줍이

가라~

223

욘두는 볼일을 다 마칠 때까지
집요하게 눈치를 준다.

흐으음…

흐음…

쏴아아아아

알았어,
나간다 나가!

이때다욘!

쩜무!

야야야 하지 마
더러워 박욘두!!!

휘적휘적
휘적휘적!

안 묻어도 돼!

여전히 집사 변기도
치워주는 온두.

문 앞에서 지켜보고 있는 홍구.

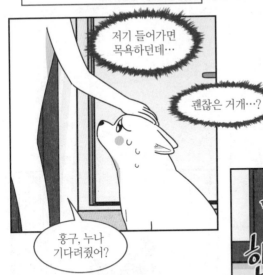

노관심 재구.

변기 치우기 장인 욘두.

고양이에게 작은 벌레는 맛있는 과자래요.

노곤하개 ⑤

글·그림 | 홍끼

초판 1쇄 인쇄일 2019년 6월 24일
초판 1쇄 발행일 2019년 7월 1일

발행인 | 한상준
편집 | 김민정·김하나·손지원
자문 | 한준근(분당 펫토피아동물병원 원장)
디자인 | 김경희
마케팅 | 강점원
관리 | 김혜진
종이 | 화인페이퍼
제작 | 제이오

발행처 | 비아북(ViaBook Publisher)
출판등록 | 제313-2007-218호(2007년 11월 2일)
주소 | 서울시 마포구 월드컵북로 6길 97(연남동 567-40 2층)
전화 | 02-334-6123 전자우편 | crm@viabook.kr
홈페이지 | viabook.kr

ⓒ 홍끼, 2019
ISBN 979-11-89426-58-3 04810